VENTE

Des Lundi 25 et Mardi 26 Février 1895

HOTEL DROUOT, SALLE N° 10

——

ESTAMPES

ET

PORTRAITS ANCIENS

DES XVIe, XVIIe et XVIIIe siècles

PIÈCES HISTORIQUES
ALMANACHS, CARICATURES
VIGNETTES

LIVRES & RECUEILS

<table>
<tr><td>Me MAURICE DELESTRE
Commissaire-Priseur
27, rue Drouot, 27</td><td>M. P. ROBLIN
Marchand d'Estampes
65, rue Saint-Lazare, 65</td></tr>
</table>

PARIS 1895

IMPRIMERIE
PAIRAULT & Cie
8, passage Nollet, 8
PARIS

DÉSIGNATION

ESTAMPES

ADAM (Victor)

1 — Mort et funérailles de S. A. R. Mgr le duc d'Orléans. — Sujets divers. — Sujets de chasses ; dix-sept pièces.

ALBERT (Alfred)

2 — Frontispices in-8, gravés à l'eau-forte, pour Caliban ; trois pièces.
Belles épreuves sur papier de chine.

AMÉRIQUE (Pièce sur l')

3 — Americus Vespuccius, cum quattuor stellis crucem filente nocte repperit. Pièce in-4, en largeur, avec le portrait du *Dante* gravé par J. Collaert, d'après J. Stradan.
Belle épreuve petites marges.

ANONYME

4 — Description universelle du Royaume de Galanterie ; pièce gravée au XVIIᵉ siècle, sans nom d'artiste.
Belle épreuve, petites marges.

5 — La Gazette ; pièce allégorique gravée au XVIIᵉ siècle.
Belle épreuve, marges.

6 — Médaillon en forme de trompe-l'œil, contenant des assignats et des portraits des principaux personnages de la Révolution.
Deux épreuves en bistre et en couleur, à toutes marges.

ANSELIN (J. L.)

7 — La Belle Jardinière (Madame de Pompadour) in-4, d'après C. Vanloo.
Belle épreuve.

AUBRY (d'après)

8 — *Molé*, acteur, par A. de Saint-Aubin. — *Molé* (Mme) ?, sans nom
d'artiste; deux portraits in-4.
Belles épreuves, une est avant toutes lettres.

AUDOUIN (P.)

9 — *Louis XVIII.* — *Angoulème* (Louis-Antoine duc d'); deux
portraits.
Belles épreuves.

AUDRAN (Gérard)

10 — *Bourbon de Conty*, (Armand de) in-folio.
Très belle épreuve, petites marges.

B...

11 — *M. de Voltaire*, dessiné à Ferney et gravé par M. B..., ovale in-4.
Belle épreuve, marges.

BABEL

12 — Portraits de la collection Odieuvre avec entourages de *Babel*;
soixante pièces.
Epreuves avec marges.

BARBIÉ

13 — *Estaing* (Charles-Henri, comte d'), in-8.
Belle épreuve à toutes marges.

BARTOLOZZI (François)

14 — Scène biblique, d'après P. de Cortone, 1765.
Très belle épreuve avant la lettre, imprimée en bistre, grandes marges.

15 — To Thomas Brand Hollis Esq.,..., frontispice in-4, d'après Cipriani 1780.
Très belle épreuve,

16 — The King Psammetichus of Egypt, in love with Rhodope; d'après
Ang. Kauffman, 1782.
Très belle épreuve avant la lettre imprimée en bistre, à toutes marges.

17 — Paulus Æmilius; d'après Ang. Kauffman, 1783.
Très belle épreuve à la sanguine, grandes marges.

18 — Gualtherus and Griselda. — Griselda returning to her Father;
deux pièces, 1784.
Très belles épreuves, grandes marges.

BARTOLOZZI (François)

19 — Jane Shore introduced to King Edward IV; d'après Cipriani, 1785.
Très belle épreuve à toutes marges.

20 — The Donager Queen of Edward the 4th parting with the Duke of York to the two Archbishops. — The Dukes of Northumberland and Suffolk praying Lady Jane Gray to accept Crown ; deux pièces d'après Cipriani.
Belles épreuves imprimées en bistre, grandes marges.

21 — Guerrier tenant un jeune enfant; d'après Cipriani, 1786.
Très belle épreuve avant la lettre, à toutes marges.

22 — Six overtures in four parts, with Hautboys and French Horms. — Six quartetto for two violon's a tenor and violoncello oblogati; deux frontispices in-4, 1787.
Belles épreuves.

23 — Cornelia, Mother of the Gracchi; d'après Ang. Kauffman, 1788.
Très belle épreuve imprimée en bistre, grandes marges.

24 — Un ange, 1793.
Deux épreuves, en bistre et à la sanguine, grandes marges.

25 — *Mr. Philip Yorko*, d'après J. Reynolds, in-4, en bistre.
Belle épreuve, petites marges.

26 — Faith. — Minerva and the Muses. — The Three Five arts; trois pièces d'après Cipriani et Angelica Kauffman.
Très belles épreuves, grandes marges.

27 — Portraits ; cinq pièces.
Belles épreuves, en noir et en bistre, une est avant la lettre.

28 — Billets d'entrée pour le bénéfice de MM. Guardini, Jones, Salpietro, Dragonetti et autres; six pièces.
Très belles épreuves.

29 — Fleurons aux armes Royales et d'un archevêque; deux pièces.
Belles épreuves.

30 — Héloïse et Abeilard; médaillon à la sanguine.
Très belle épreuve, sans marge.

31 — Sujets Religioux. — Vignettes. — Frontispices; sept pièces.
Belles épreuves, quatre sont avant la lettre.

BEAUVARLET

32 -- Le Bourg-mestre; d'après Ostade.

Epreuve avec marges.

BEAUVARLET, SCHMIDT, VAN SCHUPPEN

33 — *Molière,* d'après S. Bourdon. — *Mignard,* d'après H. Rigaud. — *Van der Meulen*; trois portraits in-folio.

Réimpressions.

BELLANGÉ (H,)

34 — Costumes militaires, armée Française; vingt-trois pièces coloriées.

BERNARD (Samuel)

35 — *Du Guernier* (Louis), peintre en mignature. — *Hautmann* (N.), excellent joueur de violle et du lut; deux portraits in-4.

Trés belles épreuves, marges.

BERNARD

36 — Antiochus. — Germanicus; deux pièces faisant pendants, d'après West et Füger, en couleur.

Très belles épreuves, grandes marges.

BOILLY (d'après Louis)

37 — Les hommes se disputent. — Les femmes se battent. — L'amant musicien. — Poussez ferme. — Grimaces. — Divers sujets lithographiés; onze pièces.

BOISSELAT (J.-F.)

38 — Frontispices in-8, gravés à l'eau-forte pour : *Raoul de Pellevé, Elie Mariaker,* etc.; cinq pièces.

Belles épreuves sur papier de Chine.

BONNART

39 — Les trois enfants de France jouant au Tric-trac.

Très belle épreuve, grandes marges, rare.

BONNET (à Paris, chez)

40 — Vue des environs de Bezons. — Vue des environs de Sartrouville; deux pièces faisant pendants.

Epreuves en couleur, marges.

BOSSE (Ab.)

41 — Estampes relatives à la réception des chevalliers au Palais de Fontainebleau, le 14 mai 1633. — Sujets divers ; cinq pièces.
Belles épreuves.

BOUCHER (d'après Fr.)

42 — La Fontaine, par Pelletier. — La poésie pastorale. — La poésie lyrique, par Cl. Duflos ; trois pièces.
Belles épreuves grandes marges.

BREHAUT (Marquise de) et **SINGLETON**

43 — Marie Antoinette late queen of France in the prison of the Conciergerie. — Louis XVI, in the Temple at Paris ; deux pièces faisant pendants.
Belles épreuves, grandes marges.

BRIOT (J.)

44 — *Louis XIII* debout, la Reine assise derrière lui ; composition in-folio, gravée au moment de son couronnement.
Très belle épreuve, rare, la marge du bas est coupée.

BROCAS (Publ. by W.)

45 — Les invisibles.
Très belle épreuve coloriée, petites marges.

BULLA (à Paris, chez)

46 — *Angoulême* (Marie-Thérèse-Charlotte de France, duchesse d'). — Les adieux de Louis XVI à sa famille ; deux pièces en médaillons.
Belles épreuves à toutes marges, une est coloriée.

BUNBURY

47 — A Barbers Shop.
Très belle épreuve coloriée, marges.

48 — City Fowlers Mark. — The Stang Duellist's. — A militia meeting ; trois pièces coloriées.
Belles épreuves, marges.

49 — Evening or the man of Feeling.
Belle épreuve coloriée, marges.

50 — Front, side wiew, and back Front, of a modern fine gentleman. — The infloxible Porter ; deux pièces coloriées.
Belles épreuves.

BUNBURY

51 — Le manége.
> Belle épreuve coloriée, sans marges.

52 — The Morning News. — A Visit to the Camp. — Pistol eating Fluellens Leak; trois pièces coloriées.
> Très belles épreuves, marges.

CARICATURES

53 — Le départ souhaité. — Journal de l'Empire ou des Débats, suivant les évènements. — Il faut dégorger. — Le conseil de Famille. — Le Congrès de Vienne. — La mauvaise charge. — Fuite précipitée ou les lièvres en campagne. — La Parade; neuf pièces coloriées époque 1815.
> Belles épreuves.

54 — Le zelé défenseur. — Revue des officiers généraux. — L'homme aux six tétes. — L'ouragan de Mars. — Serment des nouveaux Horaces. Le désespoir de Gros-Louis, etc.; neuf pièces coloriées sur Louis XVIII.
> Très belles épreuves.

55. — Rencontre d'officiers anglais et écossais à Paris. — Le coup de griffe. — Partez muscade. — Le barbier de l'Ile d'Elbe. — Vœu des royalistes. — Le Don Quichotte du midi. — L'éteignoir royal; sept pièces coloriées sur Napoléon Ier et Louis XVIII, 1815.
> Très belles épreuves.

56 — Longchamps 1823, ou le système d'économie. — Mademoiselle Pastel suivie de sa mère. — Leçon de Diable; trois pièces coloriées.
> Belles épreuves, grandes marges.

57 — Les Parades, par Bouchot; onze lithographies coloriées.
> Épreuves à toutes marges.

58 — Caricatures, Affiches, Costumes, par H. Monnier, Delarue, Bellangé, Grandville; quatorze pièces.
> Epreuves en noir et coloriées.

CARICATURES ANGLAISES

59 — A London Bazaar !! or more sellers than Buyers !
> Belle épreuve coloriée.

CARICATURES ANGLAISES

60 — O ! You're a Devil.
   Belle épreuve coloriée.

61 — Concerto Coalitionale. — Jour de pluie. — Nautical observations
on female Dress !!! — The Danger over or Billy's return to John
Bull ; quatre pièces coloriées.
   Belles épreuves, marges.

62 — Charming well again. — Gentle Emetic ; deux pièces coloriées
faisant pendants.
   Belles épreuves, marges.

63 — Mrs Greece and her Rough Lovers. — The Serenade ! — The Scotch
fiddle, or mistaken humanity ; trois pièces coloriées.
   Belles épreuves, marges.

64 — The School of éloquence. — Curiosity. — Buck's Beauty and Rowlandson's Connoisseur ; trois pièces coloriées.
   Belles épreuves.

65 — Tender Trim and only Thirty. — Leap Year... or Love in Plenty.
— Autre sujet ; trois pièces coloriées.
   Très belles épreuves.

66 — A Radical Reformer. — The Blood of the Murdered crying for Ven-
geance ; deux pièces curieuses sur la guillotine.
   Belles épreuves coloriées, marges.

67 — A Post haste Couveyance for the members. — Preliminaires of
Peace. — The Child and Champion of Jacobinism. — Mother Carey's
Chickens. — A Pleasent Draught por Louis ; cinq pièces.
   Epreuves en noir et coloriées.

68 — Quadrilles ; trois pièces coloriées.
   Très belles épreuves.

69 — Nothing extenuate nor aught set down in Malice. — Réal Birds
plucking the Sham. — We have the exhibition to examine ; trois
pièces coloriées.
   Pièces curieuses sur les modes excentriques.

CARICATURES ANGLAISES

70 — A Pleasent way to Lose an Eye. — An Enquiry concerning the Clock Tax. — The night mayor. -- A Moving Scène. — Fresh arrivals at Chelsea ; six pièces coloriées.
Belles épreuves, grandes marges.

71 — The Slave Merchant. -- The dog days. — Ladies Dress, as it soon will be ; trois pièces coloriées.
Balles épreuves, marges.

72 — L'ouie. — L'odorat. — Le déménagement du Clergé. — La Bienvenue. — Les dilettanti à l'Opéra-Bouffa ; cinq pièces coloriées.
Epreuves avec marges.

CARINGTON BOWLES (Publ. by)

73 — The Young Wanton, 1776.
Très belle épreuve en couleur, petites marges.

74 — The Elopement, or Lovers Strategem Defeated ; 1785.
Très belle épreuve en couleur, petites marges.

75 — Fortune's Favourites ; or Happiness in every situation ; 1786.
Très belle épreuve en couleurs, petites marges.

CATHELIN (L. J.)

76 - *Fénelon.* — *Bossuet.* — Les douze César ; quinze portraits.
Belles épreuves, toutes marges.

CATHELIN, DUPUIS

77 — *Condé* (L. J. de Bourbon, prince de). — *Provence* (comte de). — *Provence* (comtesse de). — *Piémont* (Marie-Adélaïde-Clotilde-Xavière, princesse de); quatre portraits in-4.
Belles épreuves.

CATTELAIN (Ph.)

78 — Portraits de personnages politiques modernes. — Vues de la Rochelle. — Dessins ; soixante-dix pièces.
La plupart des épreuves sont avant la lettre sur papier du Japon.

79 — M. *Cousin*, Bibliophile, in-8, assis.
Six épreuves avant la lettre sur papier du Japon.

CHEREAU (à Paris chez)

80 — Quatre cahiers d'arabesques composés et gravés par François Boucher, ensemble vingt-quatre pièces.
Belles épreuves, grandes marges.

CHIQUET (à Paris chez)

81 — *Louis XV*, roi de France. — Marie *Leckzinski*, reine de France ; deux portraits à cheval.
Belles épreuves, marges.

CIPRIANI (d'après)

82 — Prudence, par Genisson. — Pomona, par Mᵉ Pezard ; deux pièces.
Très belles épreuves imprimées en couleur et en bistre, grandes marges.

COCHIN, le fils (C. N.)

83 — *Bénalius* (Fr.), in-4.
Eau-forte pure, marges.

84 — *Boissy* (Louis de) Academicien, in-8.
Trois épreuves, dont deux à l'eau-forte pure et avant la lettre, marges.

85 — *Chardin* (J. L.), peintre, par Rousseau et L. Cars ; deux portraits, in-4.
Belles épreuves, marges.

86 — *Favart* (Mᵐᵉ), actrice, par Flipart, in-4.
Eau-forte pure du médaillon seul, marges, très rare.

87 — *Le Comte* (Mᵐᵉ Marguerite), par Watelet, in-4.
Très belle épreuve d'eau-forte avancée, grandes marges.

88 — *Louis XV*, tête de page pour le traité des horloges marines, in-8, par Choffard.
Deux épreuves avant la lettre, dont une à l'eau-forte pure, grandes marges.

89 — *Trudaine*, in-4.
Belle épreuve avant toutes lettres, grandes marges.

90 — *Cayeux*. — *Hallé* (N.). — *Jeaurat* (E.). — *Massé* (J. B.). — *Prault* (P.). — *De Troy* (J. P.) — *Duchange* ; sept portraits, in-4.
Belles épreuves.

91 — Littérateurs et personnages célèbres ; vingt-et-un portraits, in-4.
Belles épreuves.

COSTUMES (Pièces sur les)

92 — Cris de Paris, par Bouchardon, Juillet et Poisson ; neuf pièces en noir et à la sanguine.

93 — Costumes militaires Wurtembergeois ; neuf pièces coloriées.

94 — Costumes militaires de l'armée allemande de 1750 à 1850 ; trente-trois pièces coloriées.

CRANACH (Lucas) le Vieux

95 — Gravures sur bois ; quatre pièces.
Belles épreuves.

CRUIKSHANK (G.)

96 — The Hen-Pecked Dandy. — Dandies and Dandizettes dressing for the Easter Ball ; deux pièces coloriées.
Très belles épreuves, marges.

97 — Paul Pry at Widow. C'-S. — The modern punch'maker. — A British battering-ram preparing the way for a Popish Bull ; trois pièces coloriées.
Belles épreuves, marges.

98 — R-y-l Condescension, or à Foreign Minister astonished !
Très belle épreuve coloriée, marges.

CRUIKSHANK (d'après G.)

99 — The Loyal Ducking, or the returning from the Review on the fourth of June 1800.
Très belle épreuve coloriée petites marges.

DANZEL (E.)

100 — La reconnaissance du Berger, d'après Bénard.
Epreuve avec marges.

DARET (P.)

101 — *Bourbon de Conti*; (Armand de) in-folio dans un ovale porté par des Anges.
Très belle épreuve, marges, très rare.

DAUMIER

102 — Caricatures gravées sur bois; neuf pièces.
Epreuve avant le texte au verso.

DESCAMPS (d'après)

103 — La Pupille.
Belle épreuve avant la lettre, petites marges.

DESSINS

104 — Paysage, Ruines, Plafond, par ou d'après H. Robert, Piavazzi ; trois pièces.

105 — Ornements ; six dessins du XVIIIe siècle.

DETAILLE (d'après Ed.)

106 — Sapeur. — Highlander ; deux pièces par E. Salmon.
Epreuves avant la lettre sur papier du Japon.

DIVERS

107 — *Artois*, (Comte d').—*Louis XVI.—Duc de Reichstadt.—Pichault de la Martinière.* — *Alex. Farnèse.* — *Hénault* (Le président) et autres personnages anciens et modernes ; dix-sept pièces.

108 — *Cisternay du Fay.* — *Philippe d'Orléans.* — *Charles Louis.—* *Gal Bertrand.—* *Général Drouot.—* *Mme Deshoulières.—* *Turenne*, etc.; dix portraits in-8.
Belles épreuves, plusieurs sont avant la lettre.

109 — *Louis de Bourbon*, duc de Soissons. — *Montpensier*, (Mlle de) en Minerve, par Poilly. — *Enghien*, (duc d') par Lochom. — *Condé*, (prince de) par P. Drevet. — *Condé*, (Henri II de) par M. Lasne, etc.; six portraits in-folio.
Belles épreuves, petites marges.

110 — *Louis XIII*, par Suthman. — *Louis XIII*, composition allégorique sur le siège de La Rochelle ; deux portraits in-4.

111 — *Marmontel.* — *Boucherat.* — *Louis XIV.* — *Louis XV.* — *Le Gros.* — *Duc de Bordeaux ;* treize portraits in-8 et in-4.
Belles épreuves.

112 — *Molière.* — *Voltaire :* dix-huit portraits in-8 et in-4.
Plusieurs épreuves sont avant la lettre.

113 — *Récamier.* (Mme) — *Valois.* (Mlle de) — *Conty.* (princesse de). — *Navarre*, (Reine de), etc.; sept portraits gravés et lithographiés.

DIVERS

114 — Portraits de littérateurs, artistés, peintres, graveurs et autres ; trente-trois pièces.

Belles épreuves, la plupart avant la lettre et à l'eau-forte

115 — Personnages anciens et modernes ; trente portraits en épreuves d'artistes avant la lettre.

116 — Portraits anciens et modernes pour illustration ; cent soixante-dix pièces.

Belles épreuves, plusieurs sont avant la lettre ou en épreuves d'artistes.

117 — *Ex Libris* français et étrangers ; quatre-vingt-dix pièces.

118 — Frontispices et vignettes du XVIIIᵉ siècle, par ou d'après Moreau, Marillier, Eisen, Monsiau, Gravelot et autres ; trente-huit pièces.

Plusieurs épreuves sont avant la lettre.

119 — Vignettes, costumes, coiffures, petits sujets pour tabatières, d'après Boucher, Freudeberg, Watteau, Denon et autres ; vingt-six pièces.

120 — Vignettes, en-têtes de page, lettres ornées et culs-de-lampe, d'après Eisen, Marillier, Gravelot et autres, pour le Decameron, les Fables et les Baisers de Dorat. Oraisons funèbres et autres ouvrages du XVIIIᵉ siècle ; vingt-huit pièces.

Belles épreuves avant la lettre et en tirages à part.

121 — Vignettes, têtes de page et figures d'après Queverdo, Marillier, Cochin, Moreau et autres ; dix-sept pièces.

Epreuves à l'eau forte pure.

122 — Petits sujets gracieux pour dessus de boites, abat-jour et éventails, d'après Boucher, Watteau, Saint-Aubin, Greuze et autres ; trente pièces.

123 — Estampes anciennes et modernes ; vingt-quatre pièces.

124 — Estampes de l'école française et de l'école anglaise du XVIIIᵉ siècle ; neuf pièces dont une en bistre.

125 — Photogravures de chez Goupil, dessins de Marcellin, sujets divers ; treize pièces.

DIVERS

126 — Estampes de l'école ancienne et de l'école française du XVIIIe siècle; trente-cinq pièces.

127 — Lithographies par ou d'après Gavarni, Rigobert, Boilly, Madou et autres; douze pièces.

128 — Estampes anciennes et modernes, vignettes, ex-libris ; cinquante-quatre pièces
> Plusieurs sont avant la lettre ou à l'eau-forte pure.

129 — Estampes, caricatures, vignettes; soixante-dix pièces, plusieurs sont en couleur.

130 — Estampes de l'école française et de l'école anglaise, environ deux cents pièces. (Sera divisé.)

DREVET (P.)

131 — *Dombes*, (Louis-Auguste de Bourbon, prince de) d'après **Fr.** de Troy.
> Très belle épreuve, marges.

132 — *Louis*, dauphin de France, d'après H. Rigaud. (D., 56.)
> Belle épreuve, doublée

DUCHANGE (G.)

133 — *Marie Leckzinska. — Louis XV*; deux portraits faisant pendants.
> Belles épreuves, grandes marges.

DUNKARTON (Rob.)

134 — *Wharton* (Lady Philadelphia); in-folio à la manière noire, d'après Van Dyck.
> Belle épreuve, sans marge.

DUNKER

135 — Suite de quatre-vingt-seize figures in-8 dessinées et gravées à l'eau-forte par Dunker pour les *Tableaux de Paris*, par Mercier.
> Epreuves tirées deux à la feuille, toutes marges.

DYCK (par ou d'après Van)

136 — *Justus Suttermans. — D. Antonius Triest*; deux portraits in-4.
> Très belles épreuves, dont une imprimée sur papier à la Folie.

ÉCOLE ANGLAISE

137 — La tentation, petit médaillon en forme de dessus de boîte.
Très belle épreuve imprimée en bistre, avant toutes lettres, à toutes marges.

138 — The family dinner. — Tendreness persuading Reluctance ; deux pièces par Bartolotti, d'après Wheatley.
Belles épreuves.

139 — The Girl and Pitcher, in-4 en bistre.
Belle épreuve, marges.

140 — Le retour du fermier, épreuve en couleur, sans marges.

141 — Musick, gravé à la sanguine par Marcuard.
Belle épreuve, marges.

142 — La Chambre haute d'Angleterre, en couleur.
Pièce intéressante pour les costumes.

EARLOM (Richard)

143 — The Royal academy of arts, instituted by the King, in the Year 1768, à la manière noire, d'après Zoffani.
Belle épreuve sans marges.

144 — Le marché aux fruits. — Le marché aux légumes. — Le marché aux poissons. — Le marché au gibier ; suite de quatre pièces d'après Snyders et Long John, gravées en 1775-1783.
Ces pièces sont connues sous le nom des quatre marchés et encore sous le nom des quatre éléments ; superbes épreuves avant la lettre, grandes marges.

ÉCOLE FRANÇAISE DU XVIIIe SIÈCLE

145 — L'hommage accepté. — L'amitié les ramène. — La précaution. — La Rêverie. — La Poésie. — La musique, etc.; huit pièces.
Belles épreuves imprimées en noir et en couleur·

EISEN (d'après Ch.)

146 — La Toilette, par de Ghendt.
Très belle épreuve avant toutes lettres, petites marges.

FALCK (Jérémie)

147 — *Anjou*, (duc d') frère unique du roi, d'après J. d'Egmont, in-folio.
Belle épreuve, petites marges.

FESSARD (Et.)

148 — *Chatelet*, (Marquise du) in-8.
Belle épreuve.

FEUCHÈRE (Jean)

149 — La fontaine Cuvier, 1841, eau-forte, in-4.
Très belle épreuve de graveur sur papier de Chine, a toutes marges.

FICQUET (Et.)

150 — *La Fontaine*, (J. de) in-8, avec la fable du Loup et de l'Agneau.
Belle épreuve avec le ruisseau blanc, marges.

151 — *La Mothe Levayer*, (F. de) in-8, d'après Nanteuil.
Très belle épreuve avant les noms d'artistes, marges.

152 — *Voltaire*, (Arrouet de) d'après de la Tour, in-8.
Belle épreuve, petites marges.

FICQUET (Et.), **SAVART**

153 — *La-Mothe Levayer*. — *Molière*. — *Montesquieu*; trois portraits, in-8.
Belles épreuves.

FILLEUL (d'après)

154 — Le milieu du jour, par Huquier.
Belle épreuve, marges.

FIRENS (P.)

155 — *Louis XIII*, enfant, 1604, d'après J. Le Pileur, in-8.
Très belle épreuve.

FONTANA (Fr.)

156 — La Fornarine, d'après Raphael.
Belle épreuve avant la lettre.

FORÈS (Published by S. W.)

157 — The royal Soldier. — The republican Soldier; deux pièces coloriées.
Belles épreuves, marges.

158 — The quality Ladder, 1798.
Belle épreuve coloriée, petites marges.

159 — Boreas, effecting what Health and modesty Could not!!!
Très belle épreuve coloriée, petites marges.

FORÈS (Published by S. W.)

160 — The prospect before us.
Très belle épreuve coloriée, marges.

161 — La Table d'Hôte.
Belle épreuve coloriée, marges.

162 — The suprème bon ton. — The New and elégant Saint-Giles Cage, erected on purpose for the dilettanti Theatrical Society; deux pièces coloriées.
Belles épreuves, marges.

FORNAZERIS (J. de)

163 — Frontispice avec le buste du roi Louis XI et figures allégoriques, in-folio.
Très belle épreuve, marges.

FRAGONARD (d'après H.)

164 — Les Beignets, par N de Launay.
Belle épreuve, marges.

FRESCHI (A.)

165 — *Charles-Philippe de France,* Monsieur, frère du Roi, petit in-folio; d'après l'original appartemant à M. Francis.
Très belle épreuve, marges.

FRYE (T.)

166 — Portrait d'une jeune femme, vue de profil et dirigée vers la gauche, collier et pendants d'oreilles ornés de perles, 1761.
Superbe épreuve, petites marges.

167 — Portrait d'une jeune femme, vue de trois quarts et dirigée vers la droite; coiffure ornée de perles; collier de dentelles; elle tient un éventail à la main, 1761.
Superbe épreuve, marges.

GAULTIER (L.)

168 — *Gondy* (Henri de), Evéque de Paris, in-8.
Belle épreuve, grandes marges.

169 — *Henri III.* — *Henri IV,* frontispice pour *Les Remontrances de messire Jacques de la Guesle,* 1611, in-4.
Très belle épreuve, marges.

GAULTIER (L.)

170 — *Longueville* (Henri d'Orléans duc de), d'après J. Le Clerc, in-4.
Très belle épreuve, marges.

171 — *Marie de Médicis*, reine, régente de France, en veuve; d'après
J. Le Clerc, in-8.
Très belle épreuve.

172 — *Marie de Médicis*, reine de France ; d'après Fr. Quesnel, in-4.
Belle épreuve.

173 — *Marie de Médicis*, reine régente de France et de Navarre, représentée debout en costume de veuve, 1610, in-8.
Superbe épreuve à petites marges.

174 — *Montpensier* (Henri de Bourbon, duc de), in-8 (D. 839).
Très belle épreuve, petites marges, rare.

175 — *Pasquier* (Et.) — *Sillery* (Brulart de); deux portraits, in-8.
Très belles épreuves, marges,

GAVARNI

176 — Souvenirs d'Artistes ; sept lithographies.
Épreuves sur papier de Chine.

GELÉE (Claude) dit le Lorrain

177 — Berger et Bergère conversant ; (R. D. 21.)
Belle épreuve de 4ᵉ état, marges.

GÉRARD (d'après Mlle)

178 — Les regrets mérités, par N. de Launay.
Belle épreuve, marges.

GILLRAY (J.)

179 — A Calm.
Très belle épreuve coloriée, grandes marges.

180 — Counsellor O. P. — Two penny whist. — Vénus attired by the
Grâces ; trois pièces coloriées.
Belles épreuves, marges.

181 — Dilettanti-Theatricals ; or a Peep at the green Room.
Très belle épreuve coloriée, grandes marges.

GILLRAY (J.)

182 — Farmer giles and his wife shewing off their daughter Betty, to
their Neighbours, on her return from school.
Tres belle épreuve coloriée, marges.

183 — Flannel armour, Female Patriotism, or Modern Heroes accoutred
for the Wars, 1793.
Très belle épreuve, marges.

184 — The Giant. — Factotum amusing himself. — British graces, atti-
reing the Circassian Venus in the English costume ; deux pièces
coloriées.
Belles épreuves.

185 — The graces in a high Wind.
Très belle épreuve coloriée, petites marges.

GLEADAH

186 — An Exquisite day ; deux pièces coloriées et curieuses pour les
costumes.
Belles épreuves, marges

GRANT (d'après J.)

187 — Pop ! or Caught in the fact.
Belle épreuve coloriée.

GRANTHOME (Jacq.)

188 — *Marie de Médicis*, reine de France, in-4, non décrit.
Très belle épreuve, marges.

GRATELOUP (J. B.)

189 — *Fénelon*, in-8, d'après Vivien.
Très belle épreuve, grandes marges.

190 — Le même.
Très belle épreuve, margés.

191 — *Polignac* (cardinal de), in-8, d'après Rigaud.
Très belle épreuve à toutes marges

192 — *Rousseau* (J. B.), in-8, d'après Aved.
Très belle épreuve à toutes marges.

193 — Le même.
Très belle épreuve sur papier de Chine volaut.

GRATELOUP (J. P. S.)

194 — *Dryden* (J.) ; médaillon in-18.
   Belle épreuve.

GREUZE (d'après J.-B.)

195 — L'heureuse union. — Le maman. — La Pelotonneuse ; trois pièces par Beauvarlet, L. Cars et Lebas.
   Belles épreuves.

GRINAGAIN (Giles)

196 — The rapid effects of the Cheltenham waters.
   Belle épreuve coloriée, grandes marges.

GUILLAUMOT fils

197 — *Déroulède.* — *Massenet.* — *Gille.* — *Mlle Bartet.* — *Cooper.* — *Dieudonné* et autres ; dix-huit portraits, dont un titre.
   Epreuves à toutes marges.

HAMILTON (d'après W.)

198 — Les mois ; suite de douze pièces en largeur.
   Epreuves à grandes marges.

199 — Les mois ; suite de douze pièces gravées par Gabrieli.
   Epreuves coloriées, à toutes marges.

HEATH (W.)

200 — The Galoppade.
   Très belle épreuve coloriée, marges.

201 — A Nice place in hot Weather. — Akeen-Sighted Politician warning his imagination ; deux pièces coloriées.
   Belles épreuves, grandes marges.

HEDOUIN (Ed.)

202 — Portrait de *Bernardin de Saint-Pierre*, vignettes pour Paul et Virginie et les œuvres de Molière ; dix pièces.
   Epreuves de graveur, avant toutes lettres et à l'eau-forte pure.

HERSENT (d'après)

203 — Louis XVI distribuant ses bienfaits aux pauvres pendant le rigoureux hiver de 1788. Lithographie par d'Hardiviller.
   Belle épreuve sur papier de Chine, à toutes marges.

HOGENBERG

204 — *Biron,* (Charles de Gontant de) avec deux scènes de son exécution, in-4.
   Belle épreuve, marges.

HOPFER (Daniel)

205 — Die drei gvoten Haiden. — Die drei gvten Ivden. — Drei gut
Christen; trois pièces. (B. 53, 54, 55.)
Très belles épreuves avec marges.

HUET ((d'après J.-B.)

206 — La fidélité. — Tête de jeune femme. — L'heureuse famille. —
Pastorale; sept pièces en noir et à la sanguine.

207 — Pastorales; deux pièces en largeur faisant pendants, gravées
à l'eau-forte par Naudet.
Epreuves à toutes marges.

HUMBELOT

208 — *Vendôme*, (François de) duc de Beaufort, in-folio avec deux
médaillons allégoriques sous le portrait.
Belle épreuve, petites marges, rare.

HUMPHREY (Publ. by H)

209 — Gazette extraordinary from Berkeley-Square. — The Rise of the
Stocks. — Thoughts on a Regicide Peace ; trois pièces coloriées.
Très belles épreuves.

210 — A Gift. — A Hit. — A Check. — A Start; quatre coloriées.
Très belles épreuves, grandes marges.

211 — Sinbad the Sailor and the man of the Mountain. — This is the
Friend of Rome. — Vice and Profligacy, extinguished by Equity; trois
pièces coloriées.
Belles épreuves, marges.

INGOUF

212 — Littérateurs; dix-huit portraits in-18.
Epreuves à toutes marges, la plupart avec la lettre grise.

ISAAC (Gaspard)

213 — La vie rustique.
Belle épreuve, à été pliée.

ISABEY (J.)

214 — *Osmond*. (La marquise d') Lithographie in-4 en couleur.
Très belle épreuve, rare.

JANINET

215 — Vue du Champ de Mars, à l'instant ou le roi, les députés a l'Assemblée nationale et les Fédérés réunis y prononcent le serment civique, le 14 juillet 1790, d'après Meunier, en couleur.
Belle épreuve, marges.

KAUFFMANN (d'après Angélica)

216 — Ophélia, par Jonkins.
Très belle épreuve.

217 — Flora. — Cérès. — Pomona. — Winter; quatre pièces coloriées.
Epreuves à toutes marges.

LAFFITTE (d'après)

218 — Les Muses; suite de neuf pièces avec entourages.
Epreuves à toutes marges.

LANDRY (P.)

219 — *Bourbon de Conty*; (Louis Armand de) in-folio d'après Gribelin.
Très belle épreuve, petites marges.

220 — *Louis XIV.* (D. 1016).
Très belle épreuve, petites marges.

LASNE (Michel)

221 — *Marillac* (Louis de). comte de Beaumont le Roger; in-folio.
Très belle épreuve avant toutes lettres, petites marges.

222 — *Rabelais* (François), docteur en médecine; in-8.
Très belle épreuve.

LAUGIER (N.)

223 — *Hortense* (la Reine), d'après Girodet.
Belle épreuve.

LAUNAY (N. de)

224 — *Lafontaine* couronné par les Grâces, d'après Eisen; in-8.
Très belle épreuve.

LE BAS

225 — Arrivée des Barcelonneetes. — Vue et port de mer de Flandre, d'après Teniers; deux pièces.
Belles épreuves, grandes marges.

LE BLOND (Jean)

226 — *Chevreuse* (Mme la duchesse de). — *Guimenay* (Mme la princesse de) ; deux portraits in-folio.
Très belles épreuves, petites marges, très rare.

227 — Vos b'eautez sont les feus et la troupe fatale..., d'après F. Franck ; in-4.
Très belle épreuve, petites marges.

228 — Le Printemps. — L'été. — L'automne. — L'hiver ; suite de quatre pièces de costumes, d'après G. de Geyn et Falck.
Très belles épreuves, marges.

LEPRINCE (d'après J. B.)

229 — 2ᵐᵉ Pastorale. — Tête de jeune fille ; deux pièces par Demarteau.
Epreuves en bistre et à la sanguine.

LEU (Th. de)

230 — *Aumale* (Charles de Lorraine d'), chevalier de Malte (R. D. 303).
Très belle épreuve, petites marges (collection Mariette).

231 — *Balzac* (Henriette de), d'après Quesnel ; in-8.
Belle épreuve, marges.

232 — *Biron* (Charles de Gontaut, duc de), maréchal de France ; in- (317).
Très belle épreuve, marges

233 — *Bourbon* (Catherine de), sœur unique du Roy ; in-4 d'après Darlay.
Très belle épreuve, marges.

234 — *Bourbon* (Charles de), connétable ; in-8.
Très belle épreuve.

235 — *Bourbon* (Charles II, cardinal de), achevéque de Rouen (321).
Très belle épreuve, petites marges.

236 — *Estrées* (Gabrielle d'), marquise de Monceaux ; in-8.
Belle épreuve.

237 — *Fauchet* (Claude), ovale au milieu d'attributs ; in-4.
Très belle épreuve, marges.

LEU (Th. de)

238 — *Girault* (S.), d'après Quesnel ; in-8.
Très belle épreuve rare.

239 — *Henri IV*, roi de France, la tête couronnée.
Très belle épreuve, grandes marges.

240 — *Lorraine* (Henry de), duc de Bar et marquis de Pontx ; in-4.
Très belle épreuve.

241 — *Louise de Lorraine*, in-8.
Très belle épreuve, marges.

242 — *Montaigne* (Michel, sieur de).
Très belle épreuve, marges.

LE VASSEUR (Ch.)

243 — Tarquin et Lucrèce, d'après A. de Peters.
Belle épreuve.

LIPS (H.)

244 — *Marie-Antoinette*, reine de France. — *Charles Stuart*, roi d'Angleterre, deux portraits en médaillon imprimés sur la même feuille.
Très belle épreuve, rare.

245 — *Necker* (Madame) ; in-8.
Belle épreuve à toutes marges.

246 — Personnages de la Révolution française, huit portraits.
Belles épreuves.

MAILE (G.)

247 — The miniature, d'après T. Harper.
Belle épreuve, marges.

MARADAN (F.)

248 — *Bellamy* (G. Anne), actrice du Théâtre de Covent-Garden, in-8, d'après Benoist.
Belle épreuve a toutes marges.

MARCENAY DE GUY

249 — *Bayard*. — *Charles V*. — *Charles VII*. — *Eugène* (le Prince) ; quatre portraits, in-8.
Belles épreuves avant la lettre.

MARCENAY DE GUY

250 — *Jeanne d'Arc.* — *Charles VII.* — *Sully.* — *Sage.* — *Henri IV,*
— *L'Hospital.* — *Saxe* (Maréchal de); neuf portraits in-8.
Belles épreuves, une est avant la lettre.

251 — *Mirabeau* (Victor de Riquetti, Marquis de): in-4.
Deux épreuves, dont une avant la lettre.

252 — *Paoli* (Le Général); in-8.
Deux épreuves dont une avant la lettre, grandes marges.

MARIETTE (à Paris, chez)

253 — *Le Matin,* dame de qualité à sa toilette. — *Le Midy,* dame de
qualité faisant la méridienne. — *Le Soir,* dame de qualité jouant aux
cartes. — *La Nuit,* dame de qualité au bal; suite de quatre pièces.
Belles épreuves, grandes marges.

254 — L'Eau. — Le Feu; deux pièces.
Belles épreuves, marges.

255 — Antiope. — Teagene. — Ptolémée. — Artemize. — Semiramis. —
Faraon; suite de six pièces d'après Rousselet.
Belles épreuves doublées.

MARTINET (à Paris, chez)

256 — Dinerai-je ? — J'ai dîné. — L'entrée du Musée ; trois pièces co-
riées.
Très belles épreuves, marges.

MASQUELIER (L. J.)

257 — Application du dessin à la marine. Premier cahier; texte et huit
planches.
Belles épreuves.

MASSON (Ant.)

258 — *Vendôme* (Louis, duc de); d'après P. Mignard (R. D. 671).
Très belle épreuve, petites marges.

MATHEUS (Jean)

259 — *Louis XIII*; médaillon, dans un soleil rayonnant.
Belle épreuve.

MAY (Edmond), GIGOUX (J.)

260 — Frontispices in-8 gravés à l'eau-forte pour *La Tour de Londres.*
Arielle. — *Chatterton.* — *Une grossesse,* etc., six pièces.
Belles épreuves sur papier de chine.

MELLAN (Cl.)

261 — *Cinq Mars* (Henri Rusé Deffiat, marquis de), in-8.
Très belle épreuve avant la lettre, petites marges.

262 — *Peiresc* (Nic.-Cl.-Fabri de), in-4.
Très belle épreuve du 2· État, petites marges.

MERLEN (Th. van)

263 — *Bourbon de Conty* (Armand de), en abbé, in-folio.
Très belle épreuve, la marge du bas est coupée.

MERYON (Ch.)

264 — La Morgue.
Belle épreuve du 3· État, grandes marges.

265 — Le Petit Pont.
Très belle épreuve, grandes marges.

266 — La Pompe Notre-Dame.
Belle épreuve sur papier de chine, avant le mot l'*artiste*, grandes marges.

267 — Le Pont-Neuf.
Belle épreuve sur papier de chine.

MONNIER (Henri)

268 — Vignettes in-8 coloriées pour les chansons de Béranger, 1828 ; neuf piéces.
Epreuves à toutes marges. (Piqûres d'humidité.)

MOREAU LE JEUNE (J.-M.)

269 — *Grétry*, (A. E. M.) in-4, 1773.
Belle épreuve, grandes marges.

270 — *La Vrillière*, (Louis-Phélippeaux, duc de) d'après Hall, in-8.
Deux épreuves avant la lettre, dont une avant l'entourage. (Remargées.)

MOREAU LE JEUNE (d'après)

271 — *Dumont*, (Gab. Ph. M.) par Baron. — *Fléchier*, in-folio par Del. — *Guillotin*, (J.-J.) par Prévost, in-4 ; trois portraits.
Belles épreuves avec marges.

272 — *Gustave III*, composition allégorique par Bertaud, in-4.
Belle épreuve, grandes marges.

MOREAU LE JEUNE (d'après)

273 — *La Fontaine,* (J. de) in-8 par N. Le-Mire, pour les *Fables Causides.*
  Très belle épreuve, marges.

274 — *Marie-Antoinette,* en buste, par Leveau.
  Eau-forte pure, petites marges.

275 — Couronnement de Voltaire sur le Théâtre-Français, le 30 mars 1778, par C. E. Gaucher, 1782 (261.)
  Superbe épreuve du 1ᵉʳ état, à l'eau-forte pure, avec la buste de Voltaire jeune, marges.

276 — La même estampe.
  Belle épreuve terminée, avec les armes de la marquise de Villette, marges.

277 — La même estampe.
  Epreuve ancienne, avec l'adresse de Naudet, marges.

278 — La même composition, in-8, par Couché.
  Très belle épreuve à l'eau-forte pure, à toutes marges.

279 — Henri Quatre chez le Meunier, par J.-B. Simonet.
  Belle épreuve, à toutes marges.

280 — Le Lever, par Halbou, 1781.
  Très belle épreuve, petites marges.

MORGAN (Publ. by C.)

281 — The injured Count, caricature coloriée.
  Belle épreuve, marges.

NANTEUIL (Robert)

282 — Le Bassin.
  Très belle épreuve, marges.

NANTEUIL (Célestin)

283 — Notre-Dame de Paris. — Bug-Jargal. — Le dernier jour d'un condamné; trois frontispices in-8 gravés à l'eau-forte, 1832.
  Très belles épreuves, deux sont sur papier de Chine.

284 — Marie d'Angleterre, frontispice in-8 gravé à l'eau-forte, 1833.
  Trois épreuves.

NANTEUIL (Célestin)

285 — Lucrèce Borgia, eau-forte in-8, 1833.
   Deux épreuves sur papier de Chine, grandes marges.

286 — Etrennes pittoresques, 1834. — Le monde dramatique, tome Ier, 1835. — Angèle, 1836; quatre pièces in-8 à l'eau-forte.
   Belles épreuves.

287 — La fuite en Egypte, frontispice genre gothique, avec les statues de Godefroy de Bouillon et Ide de Lorraine ; eau-forte, 1839, gr. in-8. (H. B. 42.)
   Superbe épreuve d'artiste sur papier de Chine, à toutes marges, très rare.

288 — Vignettes et frontispices gravés à l'eau-forte pour l'*Artiste*, le *Musée*, le *Monde dramatique*, etc.; neuf pièces.

289 — Titres de romances, lithographies des artistes contemporains, gravures sur bois, etc.; quarante-huit pièces.
   Belles épreuves, plusieurs sont avant la lettre.

NAPOLÉON (Pièces sur)

290 — Je suis sur les épines. — Le Miroir de la Vérité ou le tigre écrasé. — Le Sabot Gorse en pleine déroute; trois caricatures en noir et coloriées.
   Belles épreuves, marges.

291 — *Bonaparte* à cheval, gravé par Schenker, d'après C. Vernet.
   Belle épreuve imprimée en bistre, marges.

292 — *Napoléon Ier*. — *Marie-Louise*. — *Bonaparte*. Estampes, vignettes, dessins et caricatures; vingt-quatre pièces.

293 — Visite à Saint-Denis le 30 juillet 1830. Lithog. Engelmann.
   Épreuve à toutes marges.

294 — Scènes, costumes, batailles; quinze pièces in-8° et in-4°; une est coloriée.

NAUDET

295 — Plaisir savoyard, d'après Mlle la Baronne de Stein.
   Belle épreuve, marges.

NEWTON (Richard)

296 — Which way shall i turn me.
   Très belle épreuve coloriée.

ORNEMENTS

297 — *Bry* (Th. de). Médailles romaines avec entourages; quatre pièces
de forme ronde, pour fonds de coupes.
  Très belles épreuves.

298 — *Collaert* (H. Ad.) Sujets mythologiques avec entourages ornés;
six pieces.
  Très belles épreuves.

299 — *Guien* (John). Livre d'ouvrages de jouaillerie, inventé et gravé
par Jean Guien, jouaillier à Londres; titre et trois pièces gravées.
  Belles épreuves.

300 — Arabesques, plafonds, trophées, par Marillier, Delafosse, Lavallée-
Poussin et autres; dix pièces.

PARIS (Pièces sur)

301 — Vues et Monuments, par Janinet, Martinet, Delarue, Marlet et
autres; vingt-et-une pièces en noir et en couleur.

302 — Vues de l'ancien Paris, par Martial; cent quinze pieces.

303 — Paris pendant le siège; douze pièces gravées à l'eau-forte par
Martial.
  Épreuves à toutes marges.

PARK (F.)

304 — The wood pigeons. — Drawing for King and Queen; deux pièces
faisant pendant d'après J. G. Huck.
  Très belles épreuves, marges.

PAROY (Comte de)

305 — Les Antiques; composition en forme de guéridon.
  Belle épreuve à toutes marges.

PICART (Jean)

306 — *Camus* (Pierre), évêque de Bellay. — *Fabry* (Pierre de); deux
portraits in-8°.
  Belles épreuves.

PICART (Et.)

307 — *Montespan* (la marquise de). (D. 1913).
  Belle épreuve (petites déchirures).

PICART (B.)

308 — *Louis XIV*, roi de France, d'après H. Rigaud, in-8.
Belle épreuve, à toutes marges.

PIÈCES HISTORIQUES

309 — La cour du Roy Charles V, surnommé le Sage. — La cour de la Reine Jeanne de Bourbon, épouse de Charles V; deux pièces publiées par Fr. Jollain, in-folio.
Belles épreuves avec le texte explicatif. Curieuses et rares.

310 — Le massacre fait à Sens en Bourgongne par la populace au mois d'auril 1562, auant qu'o prinst les armes, gravé par Perrissein, 1570.
Très belle épreuve, avec marges.

311 — Figure des États de la Ligue. — La Procession de la Ligue; deux pièces in-4 en largeur, sans noms d'artistes.
Epreuves avec marges.

312 — Reduction miraculeuse de Paris sous l'obeïssance du Roy très-Chrestien Henry IV, et comme Sa Majesté y entra par la porte Neufue le mardy 22 de mars 1594.—Comme le Roy alla incontinent à l'église de Nostre-Dame rendre grâces solennelles à Dieu de cette admirable reduction de la Ville Capitale de son Royaume. — Comme Sa Majesté le mesme iour estant à la Porte Saint-Denis, veid sortir hors de Paris les garnisons estrangères que le Roy d'Espagne y entretenoit; suite de trois estampes d'après N. Bollery, in-folio en largeur.
Très belles épreuves avec légendes explicatives, marges, deux ont la légende explicative complète, la troisième, une partie seulement.

313 — Henri IV, assis avec la Reine et ses deux enfants; pièce gravée par L. Gautier, 1602, d'après J. Le Clerc.
Très belle épreuve, sans marges. (Petits raccommodages)

314 — Baptesme de Monseigneur le Daulphin et de Mes-Dames ses sœurs à Fontainebleau, le 14e jour de septembre 1606. *A Paris, par Jean Le Clerc, rue Jean de Latran;* à la Salamandre Royale.
Très belle épreuve avec le texte explicatif, petites marges.

315 — Couronnement de Louis XIII, gr. par P. Firens, d'après Fr. Quesnel, 1610.
Très belle épreuve, sans marges.

PIÈCES HISTORIQUES

316 — Le Sacre du Roy Lovys Treiziesme faict à Reims le dimanche
17 octobre 1610, par Th. de Leu, d'après Quesnel.
Très belle épreuve, sans marges.

317 — La même estampe.
Superbe épreuve, sans marges.

318 Composition en forme de frise, gravée par L. Gautier, d'après Mes-
sager, représentant Henri IV, Louis XIII et Anne d'Autriche en
veuve ; pièce gravée à l'occasion du couronnement de Louis XIII.
Belle épreuve, sans marges.

319 — « Ordre et Séance des États-Généraux de France, tenus et ouverts
à Paris le XXVII octobre MDCXIV ». *Jean Ziarnko Polonus fecit.*
Planche accompagnée d'une légende en français : *A Paris, chez
Jean Le Clerc, rue Saint-Jean de Latran,* à la Salamandre Royale
MDCXV.
Très belle épreuve, un peu rognée dans le haut et dans le bas. Très rare.

320 — Plan véritable de la Séance tenve à Roven, en l'assemblée des
notables, le quatriesme décembre mil six cens dix-sept. *Ivan Ziarnko
Polonus fecit.*
Très belle épreuve.

321 — Plan du conclave qui s'est tenu au Palais Vatican ou a esté esleü
le Pape Urbain VIII l'an 1624, in-4, sans noms d'artistes.
Très belle épreuve, marges.

322 — Carte généalogique de la Royale maison de Bourbon, avec les
éloges des Princes, etc., depuis saint Louis jusqu'à Louis XIII avec
les portraits des Princes et des Princesses, au nombre de quarante...
par M. Charles Bernard. *A Paris, 1624* ; trois feuilles.
Très belle épreuve avec marges, bien conservée.

323 — Cérémonie du mariage de Charles II, roy d'Espagne, avec Marie-
Louise d'Orléans, faite au château royal de Fontainebleau, etc., le
31ᵉᵐᵉ d'Aoust 1627, dessiné et gravé par P. Brissart.
Très belle épreuve, petites marges.

324 — Placard in-folio de Gaston fils de France, pour demander justice
contre Armand, cardinal de Richelieu, perturbateur du repos
public, etc., etc... Fait au camp d'Andelot en Bassigny le XIIIᵉ de
juin 1632.

PIÈCES HISTORIQUES

325 — Cérémonie observée au contrat de mariage passé à Fontainebleau en présence de Leurs Majestés entre Vladislaus IIIIᵉ du nom, roi de Pologne et de Suède, par son ambassadᵣ le Seigᵣ Gerhard, comte Donhost, palatin de Poméranie d'une part et Louise-Marie de Gonzague, princesse de Mantoue et de Nevers d'autre part, le 25ᵉ jour de septembre 1645, dessiné et gravé à l'eau-forte par Ab. Bosse.

Très belle épreuve, petites marges

326 — Agréable résioüissance de la cour sur l'heureuse naissance du prince duc de Valois, fils unique de Monseigᵣ le duc d'Orléans, né le 17ᵉ aoust 1650; gr. par Fr. Mazot.

Très belle épreuve, petites marges.

327 — Cavalcata fatta in Roma per la solenne entrata della Regina di Svetia il di XXIII décembre 1655, in-folio en largeur. Chez Horatio Marinarii.

Très belle épreuve, marges.

328 — Le Prévôt des marchands, suivi des Echevins de la ville de Paris, vient offrir à Louis XIV un exemplaire de l'entrée du Roi et de la Reine qui se fit à Paris le 26 août 1660, par Mellan, in-folio.

Belle épreuve, sans marges.

329 — Cérémonie du mariage de Louis XIV, roi de France et de Navarre, avec la S. Infante Marie-Thérèse d'Autriche, etc., par E. Jeaurat, d'après Le Brun.

Belle épreuve, petites marges.

330 — Représentation du catafalque semé de fleurs de lys et d'armoiries aux armes de Bourbon Condé, vers 1680, par Bérain.

Belle épreuve, petites marges

331 — « Almanach pour l'an M.DCLXXXII ». Dans la partie supérieure : les travaux du roy pendant la paix, en l'année 1681, actions remarquables.

Très belle épreuve, sans marges.

332 — « Almanach Royal pour l'année M.DC.LXXXII ». Réjouissances de l'heureux retour de leurs Majestés. « Bal à la Françoise » ; *à Paris, chez P. Landry, rue Saint-Jacques, à Saint-François de Sales.*

Superbe épreuve avec marges, très rare.

PIÈCES HISTORIQUES

3**3** — « Almanach royal pour l'année M.DC.LXXXIII ». Les réjouissances universelles sur l'heureuse naissance de Monseigneur duc de Bourgogne dans le chasteau de Versailles le 6ᵉ jour d'Aoust de l'année 1682 ; *à Paris, chez P. Landry, rue Saint-Jacques, à Saint François de Sales.*

> Très belle épreuve, petites marges.

3**34** — « Almanach admirable pour l'an 1683 » : Leclast dv soleil de la France et la maison royale admirée des quatres parties de la terre ; *à Paris, chez Habert, rue Saint-Jacques, proche Saint-Severin, à la maison royale.*

> Superbe épreuve, grandes marges.

3**35** — « Almanach pour l'an bissexte M.DC.LXXXIV » : Les derniers sovpirs de la très Havte, très Pvissante et très Vertveuse Princesse Marie-Thérèse d'Avtriche, Infante Despagne, Reine de France et de Navarre, laquelle est décédée au chasteau Royal de Versailles, le 30 juillet 1683, âgée de 45 ans et 23 de son mariage ; *à Paris chez la veuve Bertrand, rue Saint-Jacques, à la Pomme d'Or.*

> Très belle épreuve, la marge du haut est coupée.

336 — Dessein de la colation qui fut donné à Monseigneur par Monsʳ le Prince dans le milieu du Labirinte à Chantilly le 29 août 1688, par Berain.

> Très belle épreuve, marges.

337 — Cérémonie de la Prestation de serment entre les mains du Roy, dans la chapelle de Versailles, par le marquis de Dangeau, etc., le 18 décembre 1695 ; gravé par J. Le Clerc, d'après Ant. Pezey.

> Belle épreuve, petites marges.

338 — « Almanach pour l'an de grâce M.DC.XCVII » : L'alliance de la France et de la Savoye et la réception faite par le Roy à Madame la Princesse de Savoye à Montargis le 4ᵉ Novembre 1696, etc. ; *à Paris, chez N. Langlois, rue Saint-Jacques, à la Victoire et chez Trouvain, rue Saint-Jacques, au Grand-Monarque.*

> Très belle épreuve, petites marges.

339 — « Almanach pour l'an de grâce M.DC.XC.VIII » : La Paix de l'Europe conclve dans le Chateav de Ryswich par les plénipotentiaires des Covronnes le 29 septembre 1697, gravé par de Larmessin ; *à Paris, chez François Jollain l'aîné, rue St-Jacques, à la ville de Cologne.*

> Très belle épreuve, petites marges.

PIÈCES HISTORIQUES

340 — « Almanach pour l'an de grâce M.DCCI » : Le Roy accepte le testament du feu Roy Catholique Charles II et déclare Monseigneur le duc d'Anjou Roy d'Espagne sous le nom de Philippe V. A Versailles le XVI novembre MDCC; *à Paris, chez N. Langlois, rue Saint-Jacques à la Victoire et chez A. Trouvain, rue Saint-Jacques, au Grand-Monarque.*

Très belle épreuve, avec marges.

341 — « Almanach pour l'an de grâce M.DCCI » : Relation de ce qui est arriué de plvs remarqvable en l'année 1700 ; *à Paris, chez P. Landry le père, rue Saint-Jacques, à Saint François de Sales.*

Très belle épreuve, grandes marges.

342 — Lettre d'invitation pour le service funèbre de Monseigneur L. A. de Bourbon, comte de Toulouse, etc., qui se fera le mardy 24 décembre 1737 ; placard in-folio.

343 — Massacre des Huguenots, 1572. — Procession de la fameuse Ligue, 1593. — Meurtre de Henri IV, 1610. — Entrée de Henri IV dans Paris ; quatre pièces par Bouttats et autres.

344 — Journée mémorable du 20 juin 1792 ; gravé par Pauquet et Jourdain.

Belle épreuve, marges.

345 — Vue de la place Louis XV. — Ouverture des Etats Généraux par Louis XVI. — Constitution de l'Assemblée nationale. — Cortège du roi Louis XIV sur le Pont-Neuf ; quatre pièces.

PITAU (N.)

346 — *Christine de France*, Duchesse de Savoie (D. 1942).

Très belle épreuve, petites marges.

347 — *Marie-Thérèse d'Autriche*, reine de France ; d'après Beaubrun (D. 1931).

Très belle épreuve, petites marges.

POILLY (F. de)

348 — *Orléans* (Philippe de France duc d'); d'après Nocret, in-folio.

Très belle épreuve, petites marges.

POILLY (N. de)

349 — *Felippe Quinto,* rey de las Españas ; in-8.
Trés belle épreuve à toutes marges.

PRUD'HON (d'après P. P.)

350 — La Liberté, par Copia.
Belle épreuve sans marge.

RABEL (J.)

351 — *Belon* (Pierre), jurisconsulte, 1582.
Très belle epreuve.

352 — *Du Monin* (J.-Ed.)
Belle epreuve.

353 — *Elisabeth d'Autriche,* épouse du Roy Charles IX.
Belle epreuve.

354 — *Guise* (Henri de Lorraine duc de), non décrit.
Très belle epreuve.

355 — *Louise de Lorraine,* reine de France (64).
Belle epreuve

RABEL (dans le genre de)

356 — *Lorraine* (Cardinal Charles de), fils de Charles III, in-8 ovale.
Très belle epreuve, marges.

RAMBERG (J.-H.)

357 — Le Marchand d'oiseaux ; pièce en largeur coloriée.

358 — Le Villageois qui cherche son veau. — Le Poirier enchanté. —
Le Marché des Esclaves ; trois pièces coloriées.
Eprouves avec marges.

359 — Le Marché d'esclaves, in-folio, coloriée.
Belle epreuve, petites marges.

360 — Les Oranges, in-folio, coloriée.
Belle epreuve avant la lettre, marges.

361 — Scènes de Camp ; deux pièces coloriées faisant pendants.
Epreuves avant la lettre, marges .

RAOUX (d'après J.)

362 — La Liseuse, par Poilly.
Belle épreuve.

REMBRANDT VAN RIJN

363 — Rembrandt, tenant un sabre (B. et Cl. 18).
Très belle epreuve.

364 — Rembrandt et sa femme. (B. et Cl. 19.)
Belle épreuve.

365 — Rembrandt aux cheveux courts et frisés. (B. et Cl. 26.)
Très belle épreuve du premier Etat, avant le nom.

365 *bis* — Agar renvoyée par Abraham. (B. 30. — Cl. 37.)
Très belle épreuve.

366 — Abraham caressant Isaac. (B. 33. — Cl. 38.)
Très belle épreuve.

366 *bis* — Le Triomphe de Mardochée. (B. 40. — Cl. 44).
Très belle épreuve.

367 — La Sainte Famille. (B. 62. — Cl. 66.)
Belle épreuve du 2· Etat.

368 — Les Musiciens ambulants. (B. 119. — Cl. 121.)
Très belle épreuve d'un Etat non décrit, avant les tailles sur la poitrine de l'enfant.

369 — Le petit Orfèvre. (B. 123. — Cl. 125.)
Très belle epreuve du premier Etat, avant les tailles sur les poutres.

369 *bis* — Les Baigneurs (B. 195. — Cl. 192.)
Epreuve du premier Etat avant la tache ronde en haut, vers le milieu de la planche.

370 — Buste de la mère de Rembrandt. (B. 349. — Cl. 339.)
Très belle épreuve du premier Etat avec les cils clairs et avant les travaux de retouche.

REYNOLDS (d'après J.)

371 — The affliction. — The Pastime. — Simplicity; trois pièces en bistre, par Suntach.
Belles épreuves, grandes marges.

REYNOLDS ET HOPPNER (d'après)

372 — *Bingham* (The Honble Miss). — *Spencer* (The R^t Honble Countess). — *Wales* (Her Royal Highness Princess). — *Mary* (Her Royal Highness Princess) ; quatre portraits.

Epreuves à toutes marges.

RIGAUD (d'après J.-F.)

373 — Histoire de Marie-Stuart, suite de huit pièces gravées par Zecchin.

Épreuves à toutes marges.

ROBERT

374 — *Orléans* (Louise-Marie-Adélaïde de Penthièvre, duchesse douairière d') ; d'après David, in-4°.

Belle épreuve, marges.

ROWLANDSON

375 — L'amour à la ville. — L'amour à la campagne ; quatre dessins signés 1789-1801.

A la plume et lavis d'aquarelle (pourront être divisés).

376 — Exhibition Stare-Case.

Très belle épreuve coloriée, petites marges.

377 — A Medical inspection, or miracles will never cease.

Très belle epreuve coloriée, petites marges.

378 — The soldiers departure. — The sailors return. — Andromede ; trois pièces coloriées, 1799.

Belles épreuves, petites marge.

379 — Sudden Storm at Hyde Park Corner.

Belle epreuve coloriée, sans marges.

380 — Summer amusement at Margate.

Belle épreuve coloriée, toutes marges.

381 — Walking sticks and Round-Abouts for the year 1801. — The rape of Helen. — Vénus couchée. — Bacchanale ; quatre pièces coloriées.

Belles epreuves, marges.

382 — A mid-wife going to a labour. — A cake in danger ; deux pièces coloriées 1811.

Belles épreuves, petites marges

383 — How to vault in the saddle, 1813.

Belle épreuve coloriée, marges.

SAINT-AUBIN (Aug. de)

384 — *Amédée* (Victor) Roi de Sardaigne, d'après Boucheron, in-4 (E. B. 2).
Eau-forte pure du Premier Etat, marges.

385 — Louise-Émilie, baronne de ***. — Adrienne-Sophie, marquise de ***; deux pièces faisant pendants (E. B. 7 et 72).
Très belles épreuves, petites marges.

386 — *Beaumarchais* (P. A. Caron de), d'après Cochin, in-4. (14).
Épreuve à toutes marges.

387 — *Caffiery* (J. J.), sculpteur, d'après Cochin, in-4. (34).
Deux épreuves, dont une à l'eau-forte pure, marges.

388 — *Cochin* (C. H.). d'après lui-même, in-4. (47).
Belle épreuve, marges.

389 — *Dumont le Romain* (Jacques), peintre, d'après Cochin, in-4. (77).
Deux épreuves, dont une à l'eau-forte pure, marges.

390 — *Jeliotte* (Pierre), musicien, d'après Cochin, in-4. (110).
Belle épreuve avant toutes lettres du 3ᵉ État.

391 — *La Motte Piquet* (Guillaume de), d'après Cochin, in-4. (117).
Deux épreuves, dont une à l'eau-forte pure, marges.

392 — *Leblanc* (J.-B.), historiographe; d'après Cochin, in-4. (124).
Eau-forte pure, marges.

393 — *Le Blond* (Guillaume), mathématicien; d'après Cochin, in-4. (125).
Deux épreuves, dont une à l'eau-forte pure, marges,

394 — *Le Coulteux du Moley* (Sophie); d'après Cochin, in-4. (127).
Eau-forte pure, à toutes marges.

395 — *Louis de France* (Duc de Bourgogne); in-4. (138).
Deux épreuves, dont une avant toutes lettres, marges.

396 — *Louis XV* assis sur un trône; estampe in-4, d'après J.-B. Leprince (145).
Eau-forte du premier Etat, grandes marges.

SAINT-AUBIN (Aug. de)

397 — La même composition.
Eau-forte avancée. (Etat non décrit), marges.

398 — *Louis XVI*, Médaillon pour les assignats (147).
Belle épreuve en tirage à part, grandes marges.

399 — *Madame, Duchesse d'Angoulême* (S. A. Royale); d'après Sauvage, in-4.
Belle épreuve avant la lettre du 2° Etat avec la tablette blanche, à toutes marges.

400 — *Morand* (Salvator Fr.); d'après Cochin, in-4.
Deux épreuves dont une à l'eau-forte pures, marges.

401 — Moreau le Jeune (J. M.); d'après Cochin, in-8. (194).
Très belle épreuve à toutes marges.

402 — *Roettiers* (Jacques). — *Roettiers* (Joseph - Charles); d'après Cochin, in-4.
Trois épreuves dont une à l'eau-forte pure, marges.

403 — *Trudaine* (J. Ch. Ph,); d'après Cochin, in-4.
Deux épreuves dont une à l'eau-forte pure, grandes marges.

SAINT-AUBIN (d'après Aug. de)

404 — L'Hommage réciproque (portraits de M. et Mme A. de Saint-Aubin); par Gautier, in-4, en couleur.
Très belle épreuve, marges.

405 — La même estampe.
Belle épreuve imprimée en bistre, marges.

SAUGRAIN (Elise)

406 — Vue des environs de Paris; deux pièces d'après L. G. Moreau.
Belles épreuves.

SAVART (P.)

407 — *Louis XIV*; d'après H. Rigaud, in-8.
Très belle épreuve avec l'adresse de *Barrière de Fontarabie*, grandes marges.

SAYER (Publ. by Robert) et FORÈS

408 — Walter and his three graces. — Favourite Chickens going to Market; deux pièces à la manière noire.
Belles épreuves, marges.

SCHEFFER (Ary.)

409 — *Clara Gazul* (portrait de Prosper Mérimée, en femme) ; lithographie in-8, d'après Delécluze.
Très belle épreuve è toutes marges.

SCHMIDT (G. Fr.)

410 — *Madame Schmidt,* assise et causant ; eau-forte, 1753, in-8.
Très belle épreuve, petites marges.

SCHUPPEN (P. Van)

411 — *Arnauld* (La R. M. Marie Angélique) abbesse de Port-Royal in-12.
Très belle épreuve, petites marges.

412 — *Pontis* (Louis de), d'après P. de Champagne, in-8.
Très belle épreuve, grandes marges.

SILVESTRE (J.)

413 — Veüe du Pont Neuf et de l'Isle du Palais, du côté du Petit-Bourbon.
Belle épreuve.

SINGLETON (d'après)

414 — British Plenty. — Scarcity in India ; deux pièces faisant pendants.
Epreuves à grandes marges.

415 — The curate of the Parish return'd from duty. — The vicar of the Parish receiving his tithes ; deux pièces faisant pendants, par Fabris.
Epreuves à toutes marges.

SMIRKE (d'après)

416 — Evening. — Morning. — Night. — Noon ; suite de quatre pièces.
Epreuves à toutes marges.

SMITH (S. R.)

417 — Arethusa, d'après S. Russel ; in-folio en couleur, 1798.
Très belle épreuve, marges.

SPORTS (Pièces sur les)

418 — Brevet de contre-pointe.
Belle épreuve coloriée, grandes marges

419 — Grand assaut d'armes, entre le fils de saint Georges et le fils de saint Louis ; caricature coloriée.
Belle epreuve, marges.

SPORTS (Pièces sur les)

420 — The ladies accelerator. — The dandy and his postillion, or the waag to laugh up hill ; deux pièces coloriées.
Caricatures sur les velocipèdes.

421 — Bum Baillif out-done, or one of the comforts attending the patent Hobby horses. — Match against time or wood beats blood and bone. — Autre caricature ; trois pièces coloriées.
Caricatures sur les velocipèdes.

422 — Une voiture de Saint-Germain. — Citadine. — Parisienne. — A stage-coach. — Malle-poste ; cinq pièces, par Aubry, Lëilliot et Raffet.
Epreuves en noir et coloriées.

423 — Gladiateur. — Vermout. — Gontran. — Fille de l'Air ; quatre lithographies coloriées, par Lalaisse.
Epreuves à toutes marges.

424 — Horses in a Park. — Harriers. — Sporting dogs ; suite de quatre pièces d'après Hondius et Hackert.
Epreuves à toutes marges.

425 — Etudes de chevaux, d'après les plus grands maîtres ; six pièces à la sanguine.
Epreuves à toutes marges.

426 — La chasse de la bécasse. — La chasse du lièvre. — La chasse de la perdrix. — La chasse du canard ; huit pièces d'après Morland et Ibbetson.
Epreuves à toutes marges.

STOTHART (d'après)

427 — Cecilia. — The innocent stratagem. — The power of innocence ; suite de quatre pièces, par Mazetti.
Epreuves à toutes marges.

STRADAN (Jean)

428 — Nova Reperta ; suite de un titre gravé et seize planches in-4 sur les différentes industries, gr. par Ph. Galle.
Belles epreuves, marges. Les sujets représentent : la découverte de l'Amérique. — La Boussole. — Poudre à canon. — Imprimerie. — Gravure sur bois. — Armurerie. — Optique, etc., etc.

TENIERS (d'après D.)

429 — Le Mauvais Riche, par Mlle Riollet.

Epreuve à grandes marges.

TRIMOLET

430 — Les Barrières de Paris ; six pièces gravées à l'eau-forte.

Épreuves à toutes marges.

TOWNLEY (Publ. by G.)

431 — Modern defense, or the siege of Fort Phyllis. (Portrait-charge de Mistress Fitzherbert.)

Belle épreuve coloriée.

VALLET

432 — *Montmorency*, (Le vray portrait de la très illustre princesse Marie-Felice des Ursins, Duchesse de) in-folio.

Belle épreuve, sans marge.

VAN DER BRUGGEN

433 — *Guise*, (Isabelle d'Orléans, duchesse de) in-4 à la manière noire.

Très belle épreuve, marges.

VANGELISTY (Vin.)

434 — *Wille fils*, (P. A.) peintre, in-8 à la sanguine.

Très belle épreuve, marges

435 — *Conty*, (Armand de Bourbon, prince de) in-8.

Belle épreuve.

VERNET (Carle)

436 — Les cris de Paris; six pièces en couleur et cinq calques, ensemble onze pièces.

VERNET (d'après C.)

437 — Inconvénient des perruques, par Saysem. — Route de Poissy, par Debucourt; deux pièces en couleur.

Épreuves avec marges.

VICO (Eneas)

438 — Les Trois Grâces, 1542.

Belle épreuve, petites marges.

VIGNETTES

439 — Arioste; quarante-cinq figures in-8, de Cochin et Moreau le Jeune, pour *Roland furieux*. Paris, Brunet, 1775.

440 — Beaumarchais. Suite de un portrait et six figures in-18, de Duvivier, pour les *Œuvres*, épreuves avant la lettre. — Vingt-cinq figures in-8, gravées au trait par Gautier. — Sept vignettes in-18, de Duplessis-Bertaux. — Six vignettes et portrait gravés par G. Caïn, pour le *Barbier de Séville*, épreuves sur Japon, ensemble quarante-sept pièces.

441 — Béranger. Suite de quarante figures in-12 coloriées, pour les *Premières chansons*. Paris, Baudouin, 1828, épreuves à toutes marges.
Manque la figure pour la *Chatte*.

442 — Béranger. Suite de deux portraits et vingt-quatre figures coloriées de Henri Monnier, pour les *Dernières chansons*. Paris, Fabré, s. d.

443 — Béranger. Onze vignettes de Henri Monnier, pour les *Premières chansons*, épreuves en noir et coloriées. — Un portrait et dix figures d'après Sandoz, pour *Ma Biographie*. Ensemble vingt-deux pièces.

444 — Boileau. Suite de un portrait et six figures gravés à l'eau-forte par Hillemacher, épreuves avant la lettre sur papier de Chine. — Huit figures in-12, de Choquet, avant la lettre. — Sept figures in-8, de Desenne, épreuves sur papier de Chine. Ensemble vingt-deux pièces.

445 — Cazotte. Douze figures in-18, de Lefèvre, pour *Ollivier*. Paris, Didot, 1798.
Epreuves a toutes marges, tirées deux a la feuille.

446 — Cervantès. Suite de douze figures in-8, de Vernet et Lami, pour *Don Quichotte*, épreuves avant la lettre. — Suite de six figures in-12, par Macret. Ensemble dix-huit pièces.

447 — Cervantès. Suite de seize figures in-8, dessinées et gravées à l'eau-forte par R. de Los Rios, pour *Don Quichotte*. Paris, Rouquette, 1880.
Epreuves avant la lettre sur Japon. On y a joint huit pièces pour *Don Guzman* et *Lazarille*. Ensemble vingt-quatre pièces.

VIGNETTES

448 — **Crébillon** fils. Six figures in-8, dessinées et gravées à l'eau-forte par Milius, pour le *Sopha*. Paris, Quantin, s. d.
Epreuves d'artistes sur papier du Japon.

449 — **Daudet.** (Alph.) Six eaux-fortes par F. Buchot, pour les *Lettres de mon moulin*. Paris, Lemerre, 1882.

450 — **Demoustier.** Suite de un portrait par Tardieu et trente-six figures in-8, de Moreau le Jeune, pour les *Lettres à Emilie*. Paris, Renouard, 1809.
Epreuves à toutes marges, tirées deux à la feuille.

451 — **Fénelon.** Un portrait et vingt-quatre figures in-18, de Lefèvre, pour *Télémaque*, épreuves avec marges, gr. in-8.

452 — **Fielding.** Suite de douze figures in-8 de Moreau le Jeune pour *Tom Jones*. Paris, Didot, 1833.

453 — **Flaubert.** (G.) Suite de huit eaux-fortes in-18 dessinées et gravées par P. Vidal pour *Salambo*. Paris, Lemerre, 1884.

454 — **Foé** (D. de). Huit figures in-8 de Fesquet pour *Robinson Crusoé*.
Epreuves avant la lettre, sur papier de Chine.

455 — **Gessner.** (S.) Suite de trois portraits et quarante-huit figures in-8 de Moreau le Jeune pour *les Œuvres*. Paris, Renouard, 1799.
Epreuves en feuilles, on y a joint un portrait différent par A. de Saint-Aubin.

456 — **Gresset.** Suite de un portrait et huit figures in-8 de Moreau le Jeune, pour *les Œuvres*. Paris, Renouard, 1811. — La même suite tirage de Furne. — Suite de cinq figures in-4 de Monnet avec entourages ; ensemble 26 pièces.

457 — **Hamilton.** Quatre figures in-8 de Moreau pour *les Contes*. — Trois figures in-8 de Marillier pour *les Contes*. — Un portrait par Bonvoisin, avant la lettre ; ensemble huit pièces.

458. — **Homère.** Suite de un portrait frontispice et vingt-quatre figures in-8, d'après Marillier, pour *l'Illiade*. Ed. Didot, 1786.
Epreuves avant la lettre.

VIGNETTES

459 — **Hugo**. (Victor) Suite de dix figures in-8 gravées à l'eau-forte par Guérard pour *les Châtiments*.

460 — **Lafontaine**. Suite de douze vignettes in-8 en largeur pour *les Fables*. Paris, Didot. — Suite de douze figures in-8 de Bergeret pour *les Fables*, 1818. — Treize planches doubles, ensemble trente sept pièces.

461 — **Lafontaine**. Un [portrait par Delvaux et huit figures in-18 de Moreau le Jeune pour *Psyché et Adonis*. Paris, 1797.
Epreuves à toutes marges.

462 — **Lesage**. Suite de cent figures in-8 de Bornet pour *Gil Blas*. Paris Didot, 1795.

463 — **Lesage**. Vignettes in-8 d'après Marillier, Nap. Thomas et Choquet, pour *les Œuvres* ; soixante-cinq pièces.

464 — **Lesage**. Suite de un portrait et quinze figures in-12 gravées à l'eau-forte par L. Monziés, d'après Pille pour *Gil Blas*. Paris, Lemerre, 1878.
Epreuves avant la lettre sur papier de Chine.

465 — **Lesage**. Vingt-quatre figures in-8, dessinées et gravées à l'eau-forte par R. de Los Rios pour *Gil Blas* et autres œuvres. Paris, Rouquette, s. d.
Epreuves avant la lettre sur papier du Japon.

466 — **Lesage**. Suite de 25 vignettes gravées à l'eau-forte, par Monziés, d'après H. Pille, pour *Gil Blas* et le *Diable Boiteux*. Paris, Lemerre, 1878-79.

467 — **Longus**. Suite de quatre vignettes in-18, têtes de page, gravées par L. Flameng, d'après M. Lévy, pour *Daphnis et Chloé*. Ed. Jouaust.
Epreuves avant la lettre, sur papier Whatmann. On y a joint un portrait d'Amyot.

468 — **Maistre**. (X. de) Six vignettes in-18, têtes de page, gravées sur bois par Guillaume, d'après Veyssier, pour le *Voyage autour de ma Chambre*.
Epreuves avant la lettre, à toutes marges.

VIGNETTES

469 — **Molière.** Un portrait et dix-neuf figures in-18, de Boucher, gravées par Legrand. — Un portrait de vingt figures in-18, de Desenne, épreuves avant la lettre. — Trois vignettes in-18 de Duplessis-Bertaux. Ensemble quarante-quatre pièces.

470 — **Molière.** Suite de trente-six gravures in-8, d'après Moreau le Jeune, pour les *Œuvres*, 1773. Réimpression de L. Willem, s. d.
Epreuves avant la lettre, tirées en bistre.

471 — **Molière.** Suite de un portrait et trente-trois figures in-8, dessinées et gravées à l'eau-forte par Lalauze, pour les *Œuvres*.
Epreuves avant la lettre, sur papier de Hollande.

472 — **Prévost.** (L'abbé) Huit figures in-18, de Lefèvre, gravées par Coiny, pour *Manon Lescaut.* Paris L. Willem.
Epreuves avant la lettre.

473 — **Racine.** (Jean) Un portrait et 12 figures in-8, de L. F. Du Bourg, épreuves remargées. — Un portrait et 12 figures in-18, non signées. Ensemble vingt-six pièces.

474 — **Regnard.** Sept pièces in-8, de Moreau le Jeune, 1786. — Un portrait et douze figures in-8, de Desenne, Ed. Dufart, épreuves sur papier de Chine. Ensemble vingt pièces.

475 — **Rousseau.** (J.-J.) Vingt deux figures in-18, gravées par Lorieux, d'après Moreau le Jeune, pour *Emile* et la *Nouvelle Héloïse.*
Epreuves à toutes marges.

476 — **Scarron.** Douze eaux-fortes, par Monziès, d'après H. Pille, pour le *Roman comique.* Paris, Lemerre, 1881.

477 — **Saint-Pierre.** (B. de) Suite de un portrait et six figures in-12, dessinés et gravés à l'eau-forte, par Ed. Hédouin, pour *Paul et Virginie.* Paris, Lemerre, 1879.
Epreuves avant la lettre, sur papier du Japon.

478 — La même collection.
Epreuve avant la lettre sur papier de Chine.

VIGNETTES

479 — **Saint-Pierre**. (B. de) Suite de sept eaux-fortes par Ed. Hédouin, pour *Paul et Virginie*. — Suite de onze vignettes in-18 de Corboult. — Pièces diverses. Ensemble trente-deux pièces.

480 — **Sévigné** (Mme de) Collection de vingt portraits in-12, pour illustrer les *Lettres*. Edition Blaise.

481 — **Sévigné**. (Mme de) Album de l'édition Hachette ; portraits et sujets.

482 — **Tasse** (Le) Trente-huit vignettes in-4, d'après Cochin, pour la *Jérusalem délivrée*. Paris, Didot, 1784.

483 — Vignettes par ou d'après Prudhon, B. Picart, Desrais et autres ; vingt-huit pièces.

484 — Vignettes diverses pour les œuvres de J.-J. Rousseau, Corneille, Collin-d'Harleville, Virgile, etc. ; quatre-vingt-dix pièces, plusieurs sont avant la lettre et à l'eau-forte pure.

485 — Vignettes, d'après Marillier, pour les œuvres de l'*abbé Prévost* et les *Voyages imaginaires* ; cinquante-deux pièces.

VINSAC

486 — La nourrice, d'après Gouaz, en couleur.
Belle épreuve, grandes marges.

VISCHER (Lambert)

487 — *Anne d'Autriche* ; d'après Van Loo.
Très belle épreuve, grandes marges.

VISSCHER (Nic.)

488 — *Orléans* (Marie-Louise d'), reine d'Espagne ; in-folio.
Belle épreuve, petites marges.

VORSTERMANN

489 — *Bourbon* (Charles de) Connétable ; d'après le Titien, in-folio.
Très belle épreuve, petites marges.

VOUILLEMOT (Sébast.)

490 — *Orléans* (J.-B. Gaston, fils de France, duc d'). (R. D. 58).
Très belle épreuve, petites marges, rare.

WESTALL, DRAWNBY

491 — A Fern-cutter's Child. — A Girl Gathering Mushrooms. — The little Glaner. — The Reaper's Child ; suite de quatre pièces coloriée.
Epreuves à toutes marges.

WIERIX

492 — *Balzac d'Entragues* (Henriette de). (A. 1860).
Superbe épreuve de la plus grande fraicheur, sans marge.

493 — *Henri III*, roi de France. (A. 1920).
Superbe épreuve, marges. — Collection Camberlyn et Didot

WILLIAMSON (Publ. by T.)

494 — Nicol Cabbage the tailor's apprentice giving a Clyster to his old mistress.
Belle épreuve coloriée, petites marges.

WOODWARD (G. M.)

495 — Je vous aime de tout mon cœur.
Belle épreuve coloriée.

496 — Modesty. — The Irish Baronet and his Nurse ! Deux pièces coloriées.
Belles épreuves, marges.

497 — The Sailor and Banker. — An Enquiry concerning the Clock Tax; deux pièces coloriées.
Belles épreuves, marges.

498 — Whither my Love ? Ah ! Whither art thou gove. — The Saracens Head on Snow-Hill; deux pièces coloriées.
- Belles épreuves avec marges.

ZAFFONATO

499 — The Five Senses. — Sujets divers ; dix pièces.
Epreuves à toutes marges.

500 — Perimele. — Euphrosyne. — Ariadne. — Clytia; quatre pièces, d'après Bartolozzi et Cipriani.
Epreuves à toutes marges.

LIVRES ET RECUEILS

501 — **Album** contenant : Vues de Paris, vingt-cinq planches. A Paris, chez A. Toissier. — Estampes pour Télémaque, d'après Boucher, Cochin et autres ; vingt-deux pièces en largeur. — Estampes et portraits, en tout 64 p. in-4 cart.

502 — **Biard** (F.). Deux années au Brésil. *Paris, Hachette, 1862*, in-8, illustrations de Riou ; dem. rel. avec coins.
Premier tirage des figures.

503 — **Callot** (J.). Suite des médailles ; dix feuilles du premier tirage, avec l'adresse de Sylvestre, cartonné.
Trés belles épreuves.

504 — **Catalogue** des tableaux, études peintes, aquarelles et dessins composant l'atelier Meissonnier ; in-4 br., nombreuses planches.

505 — Autre exemplaire ; même condition.

506 — **Cochin le fils** (C. N.). Collection de vignettes, fleurons et culs de lampes, ou suite chronologique de faits relatifs à l'histoire de France, composées par M. Cochin et gravées en partie par lui-même. *A Paris, chez Prévost 1767*, in-4, cart. ébarbé.
Quarante planches, en tirages à part, on y a joint le portrait du président Hénault, gravé par Gaucher.

507 — **Cochin le fils** (C. N.). Figures pour l'histoire du Languedoc, d'après Cazes ; in-8 en largeur, cart.
Titre gravé et cinquante-deux planches en tirages à part.

508 — **Colardeau.** Le Temple de Gnide. *A Paris, chez Le Jay*, s. d., in-8, fig., broché.
Bel exemplaire (manque la figure du ch. IV).

508 *bis* — **Costumes** (Collection des nouveaux) des autorités constituées, civiles et militaires, in-4, rel.

Vingt-six planches de costumes coloriés, gravées par Alix, d'après Garnerey, rare.

509 — **Dagoty** (Gautier). Monarchie française. *Paris, Quillau, 1770,* in-4, cart.

Texte et six portraits gravés à la manière noire.

510 — **Ducerceau** (Jacques-Androuet). Livre d'architecture, contenant les plans et desseings de cinquante bastiments, tous différents. *Paris, 1611,* petit in-folio, rel. veau, (rel. anc.).

Cinquante-huit planches (le titre est manuscrit).

511 — **Dumas fils** (Alex.) La Dame aux Camélias. *Paris, Quantin, s. d..* illustrations de Lynch, gr. in-4, dem. rel. maroq. rouge avec coins.

512 — **Dyck** (d'après Van). Recueil de cinquante-huit portraits petit in-folio, dem. rel. chag. rouge.

Plusieurs épreuves sont gravées par le maitre.

513 — **Excursions Daguerriennes.** Vues des monuments les plus remarquables du globe. *Paris, Rittner et Goupil, 1841,* 2 vol. in-4, oblong, cart.

Quantité de vues finement gravées.

514 — **Gillot** (C.) Nouveau recueil d'estampes, faittes pour l'édition in-12 des Fables de M. de la Motte, inventées et gravées par C. Gillot. *Paris, Huquier, s. d.* (1727), pet. in-4, rel. velin (rel. anc.).

Titre gravé, frontispice et cent quatorze vignettes, en-têtes tirées sur cinquante-sept feuillets. Epreuves en double état, eau-forte pure et tirage hors texte, très rare.

515 — **Goya** (Fr.). Caprichos inventados y grabados al agua fuerte, par Francesco Goya, pictor. *Madrid, s. d.* (1799), in-4, cart. velin, ébarbé.

Quatre-vingts planches, bel exemplaire du deuxième tirage.

516 — **Grand-Carteret.** Les mœurs et la caricature en France. *Paris* 1888, in-4, fig., dem. rel. maroq. rouge, avec coins.

517 — **Grandville.** Un autre monde. *Paris, Fournier, 1844,* gr. in-8, cartonnage de l'éditeur.

Exemplaire du premier tirage.

518 — **Grandville**. Suite de cent-vingt figures in-8, gravées sur bois, pour les chansons de Béranger, 1838, in-8 cart.

Epreuves sur papier de Chine volant.

519 — **Grandville**. Cent proverbes. *Paris, Fournier*, 1845, in-8, cart. ébarbé.

520 — **Grandville**. Les Etoiles, texte par Mery. *Paris, G. de Gonet,* s. d., gr. in-8, dem. rel. chag. rouge.

Exemplaire du premier tirage.

521 — **Grandville**. Fables de La Fontaine. *Paris, Fournier,* 1838, 2 vol. dem. rel., fig.

522 — **Grandville**. Scènes de la vie privée et publique des animaux. *Paris*, 1842-44, 2 vol. in-4, reliure originale.

Exemplaire du 1·· tirage.

523 — **Iconographie des Contemporains** de 1789 à 1821, 3 vol. gr. in-fol. cart.

131 portraits lithographiés par Maurin et Grévedon et accompagnés chacun d'un fac-simile d'autographe.

524 — **Janin**. (Jules) L'âne mort. *Paris, Bourdin*, 1842, in-8, fig. de Tony Johannot, dem. rel.

525 — **Klauber**. Bible en Images. Ecole allemande du XVIII⁰ siècle ; cent planches avec entourages rocaille, cart.

526 — **Lafontaine**. Fables. *Paris, Desaint et Saillant*, 1775, figures d'Oudry, 4 vol. in-folio, veau ancien. (Un volume est plus court.)

527 — **Lamartine**. Jocelyn. *Paris, Ch. Gosselin*, 1841, gr. in-8, fig., dem. rel. chag.

528 — **Leclerc**. (Sébastien) Recueil de figures, chevaux, vues des faubourgs de Paris, etc. *A Paris, chez Audran*, s. d., in-8 en largeur, dem. rel.

Soixante-douze planches du 1· tirage.

529 — **Livre nouveau** ou règles des cinq ordres d'architecture, par Jacques Barozzio de Vignole. *A Paris, chez Charpentier*, s. d., rel. veau.
cent neuf planches par Blondel, Cochin et Babel.

530 — **Mignet.** Histoire de la Révolution française. (Traduction espagnole.) *Barcelona*, 1840, 2 vol. in-8, port. et fig. de Duplessis-Bertaux, cart. (Manque une figure.)

531 — **Moncornet.** (Balt.) Recueil de soixante-six portraits de personnages français et étrangers, in-4 rel. maroq. bleu t. d. (rel. anc.)
Belle conservation

532 — **Ovide.** Les métamorphoses d'Ovide, gravées sur les dessins des meilleurs peintres français, par les soins des sieurs Basan et Le Mire graveurs, 1770-1771 ; quatre volumes in-4, dem. rel. ébarbé.
Exemplaire du deuxième tirage.

533 — **Pigeons** (les). Par Mme Knip, née Pauline de Courcelles, texte par C. J. Themminek. *Paris 1811*, grand in-folio papier vélin, figures coloriées, dem. rel. maroq. rouge avec coins.
Très belles gravures en couleur, de toutes les espèces de pigeons et colombes.

534 — **Pompadour** (Mme la marquise de). Suite d'estampes gravées par Mme la marquise de Pompadour, d'après les pierres gravées de Guay, graveur du Roy, 1780, in-4, dem. rel. veau (rel. anc.).
Titre gravé, quatorze ff. de texte et soixante-neuf planches gravées, bel exemplaire.

535 — **Ponce** (N.). Les Illustres Français ou tableaux historiques des grands hommes de la France, d'après les dessins de Marillier; *à Paris, chez l'auteur s. d.*, petit in-folio cart. Bel exemplaire.
Titre et quarante-neuf portraits avec texte explicatif.

536 — **Rosset.** L'Agriculture, poème, *à Paris, de l'imp. Royale*, 1774, in-4, demi rel.

537 — **Solis.** Historia de la Conquista de Mexico. *Madrid, Sancha*, 1783, 2 vol. in-4. fig. (reliure dépareillée).

538 — **Topffer.** Histoire d'Albert, par Simon de Nantua ; in-8 oblong (1861), figures au trait, cart.

539 — **Topffer** (R.). Voyages en zigzag. *Paris, J.-J. Dubochet et Cie,* gr. in-8, demi rel. basane.
Premier tirage des figures.

540 — **Topffer** (R.). Nouveaux Voyages en zigzag. *Paris, V. Lecou,* 1854, gr. in-8, fig., cartonnage original.

541 — **Vierges de Raphael** (Les). *Paris, Furne et Perrotin,* s. d., gr. in-folio, fig., demi rel. chag. rouge, avec coins.

Paris. — Imprimerie PAIRAULT & Cie, 3, passage Nollet (8040).

RED. :

20

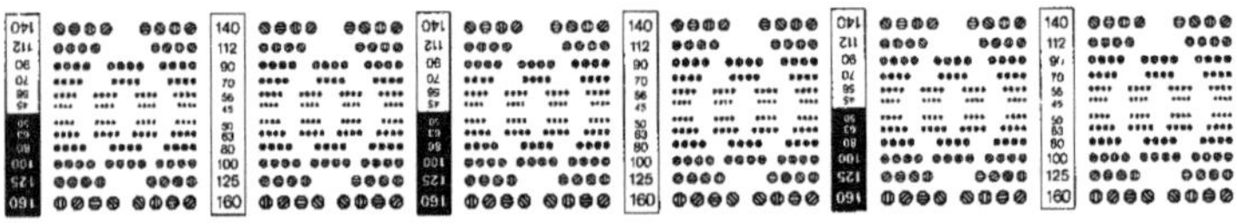

MIRE ISO N° 1

NF Z 43-007

AFNOR

Cedex 7 - 92080 PARIS-LA-DÉFENSE

379.89.70
graphicom

0 1 2 3 4 5 6 7 8 9 10